U0060814

陽光照在需要它的地方

需要它的地方

陽光照在

宇向 著

宇 向 詩 選

朝向漢語的邊陲

楊小濱

　　中國當代詩的發展可以看作是朝向漢語每一處邊界的勇猛推進，而它的起源也可以追溯出頗為複雜的線索。1960年代中後期張鶴慈（北京，1943-）和陳建華（上海，1948-）等人的詩作已經在相當程度上改變了主流詩歌的修辭樣式。如果說張鶴慈還帶有浪漫主義的餘韻，陳建華的詩受到波德萊爾的啟發，可以說是當代詩中最早出現的現代主義作品，但這些作品的閱讀範圍當時只在極小的朋友圈子內，直到1990年代才廣為流傳。1970年代初的北京，出現了更具衝擊力的當代詩寫作：根子（1951-）以極端的現代主義姿態面對一個幻滅而絕望的世界，而多多（1951-）詩中對時代的觀察和體驗也遠遠超越了同時代詩人的視野，成為中國當代詩史上的靈魂人物。

　　對我來說，當代詩的概念，大致可以理解為對以北島（1949-）和舒婷（1952-）等人為代表的朦朧詩的銜接，其轉化與蛻變的意味值得關注。朦朧詩的出現，從某種意義上可以看作官方以招安的形式收編民間詩人的一次努力。根子、多多和芒克（1951-）的寫作自始未被認可為朦朧詩的經典，既然連出現在《詩刊》的可能都沒有，也就甚至未曾享受遭到批判的待遇，直到1980年代中後期才漸漸浮出地表。我們應該可以說，多多等人的文化詩學意義，是屬於後朦朧時代的。才華出

眾的朦朧詩人顧城在1989年六四事件後寫出了偏離朦朧詩美學
的《鬼進城》等傑作，不久卻以殺妻自盡的方式寫下了慘痛的
人生詩篇。除了揮霍詩才的芒克之外，嚴力（1954-）自始至
終就顯示出與朦朧詩主潮相異的機智旨趣和宇宙視野；而同為
朦朧詩人的楊煉（1955-），在1980年代中期即創作了《諾日
朗》這樣的經典作品，以各種組詩、長詩重新跨入傳統文化，
由於從朦朧詩中率先奮勇突圍，日漸成為朦朧詩群體中成就最
為卓著的詩人。同樣成功突圍的是游移在朦朧詩邊緣的王小妮
（1955-），她從1980年代後期開始以尖銳直白的詩句來書寫個
人對世界的奇妙感知，成為當代女性詩人中最突出的代表。如
果說在1970年代末到1980年代初，朦朧詩仍然帶有強烈的烏托
邦理念與相當程度的宏大抒情風格，從1980年代中後期開始，
朦朧詩人們的寫作發生了巨大的轉化。

　　這個轉化當然也體現在後朦朧詩人身上。翟永明（1955-）
被公認為後朦朧時代湧現的最優秀的女詩人，早期作品受到自
白派影響，挖掘女性意識中的黑暗真實，爾後也融入了古典
傳統等多方面的因素，形成了開闊、成熟的寫作風格。在1980
年代中，翟永明與鐘鳴（1953-）、柏樺（1956-）、歐陽江河
（1956-）、張棗（1962-2010）被稱為「四川五君」，個個都
是後朦朧時代的寫作高手。柏樺早期的詩既帶有近乎神經質的
青春敏感，又不乏古典的鮮明意象，極大地開闢了漢語詩的表
現力。在拓展古典詩學趣味上，張棗最初是柏樺的同行者，爾
後日漸走向更極端的探索，為漢語實踐了非凡的可能性。在
「四川五君」中，鐘鳴深具哲人的氣度，用史詩和寓言有力地

書寫了當代歷史與現實。歐陽江河的寫作從一開始就將感性與理性出色地結合在一起，將現實歷史的關懷與悖論式的超驗視野結合在一起，抵達了恢宏與思辨的驚險高度。

後朦朧詩時代起源於1980年代中期，一群自我命名為「第三代」的詩人在四川崛起，標誌著中國當代詩進入了一個新階段，1980年代最有影響的詩歌流派，產自四川的佔了絕大多數。除了「四川五君」以外，四川還為1980年代中國詩壇貢獻了「非非」、「莽漢」、「整體主義」等詩歌群體（流派和詩刊）。如周倫佑（1952-）、楊黎（1962-）、何小竹（1963-）、吉木狼格（1963-）等在非非主義的「反文化」旗幟下各自發展了極具個性的詩風，將詩歌寫作推向更為廣闊的文化批判領域。其中楊黎日後又倡導觀念大於文字的「廢話詩」，成為當代中國先鋒詩壇的異數。而周倫佑從1980年代的解構式寫作到1990年代後的批判性紅色寫作，始終是先鋒詩歌的領頭羊，也幾乎是中國詩壇裡後現代主義的唯一倡導者。莽漢的萬夏（1962-）、胡冬（1962-）、李亞偉（1963-）、馬松（1963-）等無一不是天賦卓絕的詩歌天才，從寫作語言的意義上給當代中國詩壇提供了至為燦爛的景觀。其中萬夏與馬松醉心於詩意的生活，作品惜墨如金但以一當百；李亞偉則曾被譽為當代李白，文字瀟灑如行雲流水，在古往今來的遐想中妙筆生花，充滿了後現代的喜劇精神；胡冬1980年代末旅居國外後詩風更為逼仄險峻，為漢語詩的表達開拓出難以企及的遙遠疆域。以石光華（1958-）為首的整體主義還貢獻了才華橫溢的宋煒（1964-）及其胞兄宋渠（1963-），將古風與現代主義風尚

奇妙地糅合在一起。

　　毫不誇張地說，川籍（包括重慶）詩人在1980年代以來的中國詩壇佔據了半壁江山。在流派之外，優秀而獨立的詩人也從來沒有停止過開拓性的寫作。1980年代中後期，廖亦武（1958-）那些囈語加咆哮的長詩是美國垮掉派在中國的政治化變種，意在書寫國族歷史的寓言。蕭開愚（1960-）從1980年代中期起就開始創立自己沉鬱而又突兀的特異風格，以罕見的奇詭與艱澀來切入社會現實，始終走在中國當代詩的最前列。顯然，蕭開愚入選為2007年《南都週刊》評選的「新詩90年十大詩人」中唯一健在的後朦朧詩人，並不是偶然的。孫文波（1956-）則是1980年代開始寫作而在1990年代成果斐然的詩人，也是1990年代中期開始普遍的敘事化潮流中最為突出的詩人之一，將社會關懷融入到一種高度個人化的觀察與書寫中。還有1990年代的唐丹鴻（1965-），代表了女性詩人內心奇異的機器、武器及疼痛的肉體；而啞石（1966-）是1990年代末以來崛起的四川詩人，以重新組合的傳統修辭給當代漢語詩帶來了跌宕起伏的特有聲音。

　　1980年代的上海，出現了集結在詩刊《海上》、《大陸》下發表作品的「海上詩群」，包括以孟浪（1961-）、郁郁（1961-）、劉漫流（1962-）、默默（1964-）、京不特（1965-）等為主要骨幹的以倡導美學顛覆性及介入性寫作風格的群體，和以陳東東（1961-）、王寅（1962-）、陸憶敏（1962-）等為代表的較具學院派知性及純詩風格的群體，從不同的方向為當代漢語詩提供了精萃的文本。幾乎同時創立的

「撒嬌派」，主要成員有京不特、默默、孟浪等，致力於透過反諷和遊戲來消解主流話語的語言實驗，也頗具影響。無論從政治還是美學的意義上來看，孟浪的詩始終衝鋒在詩歌先鋒的最前沿，他發明了一種荒誕主義的戰鬥語調，有力地揭示了歷史喜劇的激情與狂想，在政治美學的方向上具有典範性意義。而陳東東的詩在1980年代深受超現實主義影響，到了1990年代之後則更開闊地納入了對歷史與社會的寓言式觀察，將耽美的幻想與險峻的現實嵌合在一起，鋪陳出一種新的夢境詩學。1980年代的上海還貢獻了以宋琳（1959-）等人為代表的城市詩，而宋琳在1990年代出國後更深入了內心的奇妙圖景，也始終保持著超拔的精神向度。1990年代後上海崛起的詩人中最引人注目的是復旦大學畢業後定居上海的韓博（黑龍江，1971-），他近年來的詩歌寫作奇妙地嫁接了古漢語的突兀與（後）現代漢語的自由，對漢語的表現力作了令人震驚的開拓。還有行事低調但詩藝精到的女詩人丁麗英（1966-），在枯澀與奇崛之間書寫了幻覺般的日常生活。

與上海鄰近的江南（特別是蘇杭）地區也出產了諸多才子型的詩人，如1980年代就開始活躍的蘇州詩人車前子（1963-）和1990年代之後形成獨特聲音的杭州詩人潘維（1964-）。車前子從早期的清麗風格轉化為最無畏和超前的語言實驗，而潘維則以現代主義的語言方式奇妙地改換了江南式婉約，其獨特的風格在以豪放為主要特質的中國當代詩壇幾乎是獨放異彩。而以明朗清新見長的蔡天新（1963-）雖身居杭州但足跡遍布五洲四海，詩意也帶有明顯的地中海風格。影響甚廣的于堅

（1954-）、韓東（1961-）和呂德安（1960-）曾都屬於1980年代以南京為中心的他們文學社，以各自的方式有力地推動了口語化與（反）抒情性的發展。

朦朧詩的最初源頭，中國最早的文學民刊《今天》雜誌，1970年代末在北京創刊，1980年代初被禁。「今天派」的主將們，幾乎都是土生土長的北京詩人。而1980年代中期以降，出自北京大學的詩人佔據了北京詩壇的主要地位。其中，1989年臥軌自盡的海子（1964-1989）可能是最為人所知的，海子的短詩尖銳、過敏，與其宏大抒情的長詩形成了鮮明對比。海子的北大同學和密友西川（1963-）則在1990年後日漸擺脫了早期的優美歌唱，躍入一種大規模反抒情的演說風格，帶來了某種大氣象。臧棣（1964-）從1990年代開始一直到新世紀不僅是北大詩歌的靈魂人物，也是中國當代詩極具創造力的頂尖詩人，推動了中國當代詩在第三代詩之後產生質的飛躍。臧棣的詩為漢語貢獻了至為精妙的陳述語式，以貌似知性的聲音扎進了感性的肺腑。出自北大的重要詩人還包括清平（1964-）、西渡（1967-）、周瓚（1968-）、姜濤（1970-）、席亞兵（1971-）、冷霜（1973-）、胡續冬（1974-）、陳均（1974-）、王敖（1976-）等。其中姜濤的詩示範了表面的「學院派」風格能夠抵達的反諷的精微，而胡續冬的詩則富於更顯見的誇張、調笑或情色意味，二人都將1990年代以來的敘事因素推向了另一個高度。胡續冬來自重慶（自然染上了川籍的特色），時有將喜劇化的方言土語（以及時興的網路語言或亞文化語言）混入詩歌語彙。也是來自重慶的詩人蔣浩

（1971-）在詩中召喚出語言的化境，將現實經驗與超現實圖景溶於一爐，標誌著當代詩所攀援的新的巔峰。同樣現居北京，來自內蒙古的秦曉宇（1974-），也是本世紀以來湧現的優秀詩人，詩作具有一種鑽石般精妙與凝練的罕見品質。原籍天津的馬驊（1972-2004）和原籍四川的馬雁（1979-2010），兩位幾乎在同齡時英年早逝的天才，恰好曾是北大在線新青年論壇的同事和好友。馬驊的晚期詩作抵達了世俗生活的純淨悠遠，在可知與不可知之間獲得了逍遙；而馬雁始終捕捉著個體對於世界的敏銳感知，並把這種感知轉化為表面上疏淡的述說。

當今活躍的「60後」和「70後」詩人還包括現居北京的莫非（1960-）、殷龍龍（1962-）、樹才（1965-）、藍藍（1967-）、侯馬（1967-）、周瑟瑟（1968-）、朱朱（1969）、安琪（1969-）、王艾（1971-）、成嬰（1971-）、呂約（1972-）、朵漁（1973-），河南的森子（1962-）、魔頭貝貝（1973-），黑龍江的潘洗塵（1964-）、桑克（1967-），山東的宇向（1970-）孫磊（1971-）夫婦和軒轅軾軻（1971-），安徽的余怒（1966-）和陳先發（1967-），江蘇的黃梵（1963-）、楊鍵（1967），浙江的池凌雲（1966-）、泉子（1973-），廣東的黃禮孩（1971-），海南的李少君（1967-），現居美國的明迪（1963-）等。森子的詩以極為寬闊的想像跨度來觀察和創造與眾不同的現實圖景，而桑克則將世界的每一個瞬間化為自我的冷峻冥想。同為抒情詩人，女詩人藍藍通過愛與疼痛之間的撕扯來體驗精神超越，王艾則一次又一次排練了戲劇的幻景，並奔波於表演與旁觀之間，而樹才

的詩從法國詩歌傳統中找到一種抒情化的抽象意味。較為獨特的是軒轅軾軻，常常通過排比的氣勢與錯位的慣性展開一種喜劇化、狂歡化的解構式語言。而這個名單似乎還可以無限延長下去。

1989年的歷史事件曾給中國詩壇帶來相當程度的衝擊。在此後的一段時期內，一大批詩人（主要是四川詩人，也有上海等地的詩人）由於政治原因而入獄或遭到各種方式的囚禁，還有一大批詩人流亡或旅居國外。1990年代的詩歌不再以青春的反叛激情為表徵，抒情性中大量融入了敘述感，邁入了更加成熟的「中年寫作」。從1980年代湧現的蕭開愚、歐陽江河、陳東東、孫文波、西川等到1990年代崛起的臧棣、森子、桑克等可以視為這一時期的代表。1990年代以來，儘管也有某些「流派」問世，但「第三代詩」時期熱衷於拉幫結夥的激情已經消退。更多的詩人致力於個體的獨立寫作，儘管無法命名或標籤，卻成就斐然。1990年代末的「知識分子寫作」與「民間寫作」的論戰雖然聲勢浩大，卻因為糾纏於眾多虛假命題而未能激發出應有的文化衝擊力。2000年以來，儘管詩人們有不同的寫作趨向，但森嚴的陣營壁壘漸漸消失。即使是「知識分子寫作」的代表詩人，其實也在很大程度上以「民間寫作」所崇尚的日常口語作為詩意言說的起點。從今天來看，1960年代出生的「60後」詩人人數最為眾多，儼然佔據了當今中國詩壇的中堅地位，而1970年代出生的「70後」詩人，如上文提到的韓博、蔣浩等，在對於漢語可能性的拓展上，也為當代詩作出了不凡的探索和貢獻。近年來，越來越多的「80後詩人」在前人

開闢的道路盡頭或途徑之外另闢蹊徑，也日漸成長為當代詩壇的重要力量。

中國當代詩人的寫作將漢語不斷推向極端和極致，以各異的嗓音發出了有關現實世界與經驗主體的精彩言說，讓我們聽到了千姿萬態、錯落有致的精神獨唱。作為叢書，《中國當代詩典》力圖呈現最精萃的中國當代詩人及其作品。第二輯在第一輯的基礎上收入了15位當代具有相當影響及在詩藝上有所開拓的詩人。由於1960年代出生的詩人在中國當代詩壇佔據的絕對多數，第二輯把較多的篇幅留給了這個世代。在選擇標準上，有多方面的具體考慮：首先是盡量收入尚未在台灣出過詩集的詩人。當然，在這15位詩人中，也有少數出過詩集，但仍有令人興奮的新作可以期待產生相當影響的。即便如此，第二輯仍割捨了多位本來應當入選的傑出詩人，留待日後推出。願《中國當代詩典》中傳來的特異聲音為台灣當代詩壇帶來新的快感或痛感。

目次

第三輯 「當我右手舉起面具，左手握住心」

第四輯 「一場雪粉碎著另一場，一朵雪擁抱著另一朵」

第五輯｜「一種轉瞬即逝的永遠」

第六輯｜「並在漆黑的夜裡，最高的和那最低的呈同一水平」

第七輯　「按照自己的形象，
創造它們的主」

第一輯

「他們以一種特殊的方式，屬於我」

（2000-2001詩選）

聖潔的一面

為了讓更多的陽光進來
整個上午我都在擦洗一塊玻璃

我把它擦得很乾淨
乾淨得好像沒有玻璃，好像只剩下空氣

過後我陷進沙發裡
欣賞那一方塊充足的陽光

一隻蒼蠅飛出去，撞在上面
一隻蒼蠅想飛進來，撞在上面
一些蒼蠅想飛進飛出，它們撞在上面

窗臺上幾隻蒼蠅
扭動著身子在陽光中盲目地掙扎

我想我的生活和這些蒼蠅的生活沒有多大區別
我一直幻想朝向聖潔的一面

2001.11.18

低調

一片葉子落下來

一夜之間只有一片葉子落下來

一年四季每夜都有一片葉子落下來

葉子落下來

落下來。聽不見聲音

就好像一個人獨自呆了很久，然後死去

2001.11.9

月亮

夜晚的天空佈滿了月亮

只有一個月亮是明亮的

而我的月亮一定不是那個明亮的

我的月亮改變著那一個的形狀

讓它由圓變彎再由彎變圓

有時，它遮蔽它

它的四周就發出毛茸茸的光

像一圈無助的嬰兒的手

2001.11.13

繪畫生涯

一

我得下決心去畫一些戶外景色。
就像每天上班，
必須經過那些臃腫的草莓和雞，
經過禁書、性病、傳說、
唱「回家看看」的乞丐夫妻、
篡改的歷史、塵土或尾氣般的
流竄犯，經過那些被一次一次挖開、
填平，結果再也添不平的
文化路、和平路、即時語錄、
無端的憤怒……

二

我要去畫表情和姿態，
在經期也不能停止，
以免警笛干擾筆尖的彎度和走向。
無論律法和公正如何背道而馳，
美女仍是一個活生生的奇跡，
她讓生活像顏料一樣消耗殆盡。

我的好同志，
只要我能在記憶中將你畫出來，
那麼我就永遠有事可做。

三

我要畫一些靜物，
廉價賣掉，用以糊口。
我從牆上取下前輩的獎牌和勳章，
上面佈滿輝煌的鏽跡，
從箱底翻出一摞紅皮證書，
再將客廳的指路明燈擰下，
為了抒情，我一遍一遍擺放它們，
這些沒落貴族般的靜物。

四

沒有光線，沒有光線，
色彩像睡眠裡的對話。
夜裡，我直接將黑與白擠到畫布上。
白，塗抹鮮血，

黑，爆炸，
中間的灰調子近似於抽象的政府。

五

有時，我畫赤裸裸的聲音。
當新聞聯播裡傳出風聲，
我仍聽到雙人床上的叫賣，
並在《阿姆斯特丹的河流》裡
瞬間認出──「大海的巨大徘徊」
有人說：繪畫使人墮落。
我就繼續墮落

六

如果我還有力氣，還有力氣，
我會寄一幅給你。畫面上
沒有標題也沒有簽名，
像一個又一個流亡者。

2001.1.6

所以你愛我

(for you)

深夜12點，你已睡去，而我還在電腦前，敲下這些
　　字句。
所以你愛我。

一整年，你看到雪穿過窗縫，爐火也積聚著冷。
所以你愛我。

你步行穿過我少年的花園，即便赤腳，也能聽到螞
　　蟻的尖叫。而周圍沒有一絲風。
所以你愛我。

也許你寫作，最好寫詩一樣的小說，不相信宗教，
　　不相信政府……不去具體命名任何事物。不相
　　信愛情。
所以你愛我。

一天，你想起兒時在養馬島，海潮將叔父的屍體和
　　一條漁船的殘骸一遍一遍沖向海崖，後來，那
　　聲響經常在你噩夢中充當一種敲門的方式，

而當時，你正在和小夥伴們玩一種叫做「拔油油」的遊戲。

所以你愛我。

夢境使體液寬廣、思想得以自由，惟有時鐘同入睡前一樣，沉默不語。

所以你愛我。

你不停地看《猜火車》，迷上了毒品和主席。他們同樣霸權。

所以你愛我。

夜晚，你在傷心中飲茶，並和S一起觀察了一會兒茶葉末子，當時沒有點燈。

所以你愛我。

你在某處街燈下行走，白天在陽光下行走，都沒有見到自己的影子。

所以你愛我。

我們曾經面對面，住得很近，不相識的日子卻蛇一
　　般漫長。
所以你愛我。

30歲以後，你看到往事已不再是夜空中的星星，它
　　們有理由像螃蟹一樣橫行於黑沙灘，就掏出被
　　舊戀情傷害的心。媽媽說，該成親了。
所以你愛我。

該成親了。呵呵，你以抓鬮的方式愛上了我。
所以你愛我。

我的愛取決於你。
所以你愛我。

你走路很慢，因為你老了，所以你愛我。

我說：那麼，來吧。

2001.3.14

我的死

1998年8月12日，
天氣悶熱。我
讀到，「『這就是
我的死』他說」
佩德羅・巴拉莫死了。
一個壞人的
死，打動了我

2001年2月，《在西瓜糖
裡》。「『我就是
我的死』他說。」
陰死鬼——
另一個壞人，也
死了。同樣
令我傷感。

活下來的，
胡安・魯爾福、
理查・布朗蒂甘
他們以

一種特殊的方式
屬於我

2001.2.10

痛苦的人

鏡子中的那個人比我痛苦

她全部的痛苦和我有關

她像為挑剔我而生

像一個喜好探聽別人隱私的婆娘

她找到我的毛病

新長出的一道皺紋或者一根白髮

一顆蟲牙以及她來不及躲避的

呵到她臉上的口臭

唉。腿太粗，屁股太大

毛衣上少了一枚紐扣

鞋子與衣服不配套，圍巾太花

這髮型不適合這張臉

唉。這張臉不化妝，經常哭。發脾氣

懶散，抽煙，酗酒，喜歡男人

她為這些而痛苦

為不知道一個表情是餓的眼冒金星

還是感冒發燒還是落入情網而痛苦

她為我盯住她看而痛苦

為我不理睬她而痛苦

為我用洗地板的抹布擦她的身體而痛苦

唉。我痛苦的時候她痛苦
我快樂的時候她也痛苦

鏡子中的那個人比我痛苦
她為與我一模一樣而痛苦
為不能成為我而痛苦

2001.12.9

自閉

一

一隻眼跟著另一隻眼出神
另一隻接著憂鬱了
它們長在同一張臉上
發散出同樣的幻覺
只是一隻看不見另一隻

二

當我口渴
我會需要一張嘴來濕潤
濕潤並說服我
而平時我的嘴唇毫無血色
幾乎與我的膚色一樣
我任由它這樣，從不使用口紅

三

我染髮
無聊和驚恐，一遍又一遍

我染那些可以隨意剪掉的

染到枯黃枯黃枯黃

我還在染，聽到有人說

這個人就要消失了

四

當我老了

寂寞是我一身的皺紋

孤獨就是我小腹的刀疤

它使我不敢寬衣解帶

不敢與人相愛

2001.9.29

一陣風

你拍打我的房門

像一個要與我偷情的男人

親愛的，你可以光明正大地成為我的男人

你可以光明正大地成為任何一種東西

你可以是一把鑰匙

進入我的鎖孔，打開我的房門

你可以打碎我的酒瓶，抽我的煙

像一條貪婪的狗趴在地板上

舔酒喝。親愛的，你就是一條貪婪的狗

你翻開這一本書

又翻開那一本書

到打字機前窺探我並不光明的寫作

你急於進入我的身體，親愛的，

你可以進入我的身體，從我的縫隙進入

我的毛孔，蜂窩一樣張開

你可以進入一個男人無法進入的地方

你使我感到我的身體原來這樣空

這樣需要填充。你可以充滿我

你連接導線，讓電流進來

此時我的叫聲一定不是慘叫

2001.12.4

深夜的房門和那使我憂傷的人

深夜我醒著，想一些
應該忘掉或虛構的事
我醒著，想昨夜做的那些夢

我所想到的這些都充滿憂傷

我醒著，因為我憂傷
那使我憂傷的人沒有來
叩響我的房門

也許他就在門外
在門外焦灼地徘徊
和我一樣徘徊在深夜裡

深夜的房門隔開了我們

現在，我醒著，想念並等待著
那個人。現在，我唯一應該做
但沒有做的是：

打開深夜的房門

2001.9.12

寂靜的大白天

沒有水流聲，沒有咳嗽聲講話聲呻吟聲

樓上沒有行走和東西落下來的聲音

沒有人洗腳、掃地

窗外沒有汽車聲，沒有賣東西的聲音

小孩不哭，沒有風聲也沒有樹葉落下來的聲音

沒有落下來的聲音

這種情況發生在一個大白天

當時我的心懸在半空，沒有落下來

2001.12.1

8月17日天氣預報

各位觀眾，大家好！
現在向您播報今夜和
明天的天氣狀況：
23點至淩晨3點左右
兩條在黑暗中
交媾的蛇將降臨濼源大街，
它們經常尾隨刺客入室
請該街的住戶關好門窗，
同時《幻想即興》會隨風起舞，
並伴有W形閃電。
請大家上網時注意東經40，
北緯117.9的逆向時速，
一定避開後現代女權思潮。
另外，明晨氣溫將繼續下降，
處女膜修補術、
男性生殖器二次發育液
將同西伯利亞寒流一起
從報紙中縫向偏南方向移動，
並在泉城廣場上空停留，
短時有流星雨，
提醒大家注意防範愛情，

不然幸福會令你吃盡苦頭。

今天的天氣預報播送完了，

謝謝收看

2000.8.17

我的房子

我有一扇門，用於提示：

當心！

你也許會迷路。

這是我的房子，狹長的

走廊，一張有風景的桌子。

一棵橘樹。一塊煤。

走廊一側是由書壘成的，

寫書的人有的死了，有的

太老了，已經不再讓人

感到危險。

我有一把椅子，有時

它會消失，如果你有誠心，

能將頭腦中其他事物

擦去，就會在我的眼中

摸到它。

我有一本《佩德羅・巴拉莫》，

裡面夾著一縷等待清洗的

頭髮。我有孤獨而

穩定的生活。

這就是我的房子。如果

你碰巧走進來，一定不是為了

我所嘮叨的這些。

你和我的房子

沒有牽連，你只是

到我這兒來

2000.6.12

街頭

順便談一談街頭，在路邊攤上
喝扎啤、剝毛豆
順便剝開緊緊跟隨我們的夏日
它會像多汁的果實，一夜間成熟
又腐爛。在夏季

順便剝開緊緊跟隨我們的往事
還有那些黑色的朗誦
簡單的愛
我們衣著簡單，用情簡單
簡單到　遇見人
就愛了

順便去愛　一個人
或另一個人，順便
把他們的悲傷帶到街頭

2000.7.8

她
們

又黑又瘦。小米和小拿。
像兩塊爬滿海礪的礁石，
膝蓋是突出的身體。
我們一起過家家、踢沙包……
打架，然後和好。
童年，在美麗的馬卜崖村，
還有姥姥和滿山鮮紅的野玫瑰。
七歲。我回城上學。
離開她們。

張溪。小學同學。
那時我常受人欺負，
被罵成「鄉巴妮兒」。
每次，她挺身而出，
像個男孩子，
保護我。三年級，
她因肺炎休學一年，留了級。
我天天想她，卻不敢見她。
我自卑。她是我心中的英雄。

梅。遠房表姐。在另一座城市。
83年，一個星期六
她騎車去少年宮畫畫，
被一輛卡車碾斷右臂⋯⋯
後來，她試著用左手拿畫筆。
85年春，我去找她，
姨淡淡地笑：梅在郊區
一家精神治療中心，
那裡風景怡人。

初中時，我和泳泳住得很近。
一起上學，一起暗戀語文老師。
我們撕碎物理和數學課本，
讓紙片雪花般落向女校長的額頭。
我們被編到後進班，
夢想長大成為作家。
現在，我靠數學糊口。
她生活在德國。商人。

貝芬。同桌。高中二年級時，
我收到一個男生的情書，

貝芬手裡也有一封，

內容一字不差。

這種情況，經常發生。

我們便惡作劇，折磨他。

他中途轉學。

她從此萎靡不振。

三年前，我聽說，

她吞下一瓶阿司匹靈、四十片安定。

實習時，認識一個女工。

名字，已經記不起來。

二十七、八歲，躲避異性。

她總是一手捏著一隻發光二極管，

一手握住電烙鐵，

比比劃劃，向我傳授人生指南。

我離開那個工廠後，

非常懷念和感激她。

托人找她，可她說，

不認識我。

曉華。同事。短髮。簡單。

易被打動。

一次，在她還我的《××之死》裡，

我見到一滴淚痕。

今年夏天她去游泳，淹死在池子裡。

如今，我仍不忍下水，

氯氣、漂白粉化合了我的鼻息。

我常見到她的男友，

一個悲傷的男孩，

彷彿她留下的那滴淚痕。

我再也沒有見過她們，

常常期待

在一個明朗的下午

遇到其中的一個

1999.11.7

2000.10.21

理所當然

當我年事已高　　有些人
依然會　千里迢迢
趕來愛我　　而另一些人
會再次拋棄我

2000.1.17

「陽光照在需要它的地方」、

（2002-2003詩選）

陽光照在需要它的地方

陽光照在需要它的地方
照在向日葵和馬路上
照在更多向日葵一樣的植物上
照在更多馬路一樣的地方
在幸福與不幸的夫妻之間
在昨夜下過大雨的街上
陽光幾乎垂直照過去
照著陽臺上的內褲和胸衣
洗腳房裝飾一新的門牌
照著寒冷也照著滾落的汗珠
照著八月的天空，幾乎沒有玻璃的玻璃
幾乎沒有哭泣的孩子
照到哭泣的孩子卻照不到一個人的童年
照到我眼上照不到我的手
照不到門的後面照不到偷情的戀人
陽光不在不需要它的地方

陽光從來不照在不需要它的地方
陽光照在我身上
有時它不照在我身上

2002.1.30

我幾乎看到滾滾塵埃

一群牲口走在柏油馬路上
我想像它們掀起滾滾塵埃

如果它們奔跑、受驚
我就能想像出更多更大的塵埃

它們是乾淨的，它們走在城市的街道上
像一群城市裡的人

它們走它們奔跑它們受驚
像烈日照耀下的人群那樣滿頭大汗

一群牲口走在城市馬路上
它們一個一個走來
它們走過我身旁

2002.12.20

我真的這樣想

我想擁抱你

現在，我的右手搭在我的左肩

我的左手搭在我的右肩上

我只想擁抱你，我想著

下巴就垂到胸口

現在，你就站在我面前

我多想擁抱你

迫切地緊緊地擁抱你

我這樣想

我的雙手就更緊地抱住了我的雙肩

2002.1.16

半首詩

時不時的，我寫半首詩

我從來不打算把它們寫完

一首詩

不能帶我去死

也不能讓我以此為生

我寫它幹什麼

一首詩

會被認識的或不相干的人拿走

被愛你的或你厭倦的人拿走

半首詩是留給自己的

2002.3.18

精神病人的雞

精神病人養了一隻雞

不分晝夜地叫

又乾又響

我仔細聽過，聽不出感情色彩

每天它謹慎地走，從不飛出圍牆

它謹慎地走，它沒有窩

它不停地走，不停地吃羽毛和土

我喜歡它，並找出我們共同的地方

心不在焉、無所事事、冷漠，喜歡乾嚎

對世界不感興趣

像個自閉症詩人

交往幽靈但不虛構生活……

我喜歡看它

我從來不知道它是否注意過我

只有精神病人每天滿懷敬意地收拾雞屎

2002.3.17

像人一樣

很多東西在黑暗中像人一樣
像那些坐著的站著的趴著的蹲著的蜷著的起伏的正
　　　在行走的
擺出各種姿勢的人一樣

在黑暗中所有的東西都像人，像人一樣

像人一樣驚嚇你

比如樹木座鐘馬桶掃帚空椅子有缺口的牆和石頭
還有虛掩的窗戶一大堆書一灘血跡或尿跡
以及一個或兩個呆在黑暗裡的人

2002.2.6

上帝造人

上帝當然要先造一些人上人
以免人類迷失方向
當然要選用最好的材料
以使他們美觀而堅固

之後上帝造好多好多平常的人
用剩下來的材料
造那些高矮不齊肥瘦不等醜俊不一
智慧的笨的麻木的精明的人

最後剩下渣滓、粉末
和他滿是汗水又黏又髒的手
我們的上帝是勤儉的，他要造完最後一些人
那些污穢的和易碎的人

2002.4.6

窗

我想到的窗子是美麗的

因為它們框住了流動的風景

從裡面看總是這樣

我不知道外面的人怎樣看

也不想知道

我媽媽的窗子在二十層

每次看到它

我都會有衝出去的想法

我自己的窗子在一層

它框住隨意經過的人

和一個刻意到這裡的人

我的辦公室在地下

窗子開在最上方

在一個扁小的長方形裡

我要抬頭

才能看到污水、彷徨和失落

2002.1.16

你滾吧，太陽

一個瞎子對我說

你是個能看得見的人
但你不比我更知道太陽
太陽在我周圍
它不只在我的周圍
太陽在我的上下左右滾
太陽在我的身體裡面滾
在我的指縫間
我知道一口吐向我的濃痰
童年猥褻我的老頭
他鬆懈的皮裡面藏著從我身上揉下的泥棍
你滾吧　太陽
在每個羞辱我的人的鞋底
我老了　每一天多麼寶貴
我瞎了　我說著太陽
我知道的太陽是個沒皮的蛋
我咬它　讓它有用
我摸它　讓它流淌

我叫它滾　我知道

它還會來

2002.2.21

你，你們

這就開始寫你

有些猶豫不決

猶豫不決明天用不用把你揣在兜裡

或者將你示眾

你會有一張什麼樣的臉面

你張開嘴巴會吐露什麼樣的肉皮和話柄

要一張嘴巴能不能說服我

要一雙眼睛在我有病時看望我

要一隻鼻子永遠指著前方

腳在地上，手在空中

你是不是像我一樣，什麼都像我一樣

──不知道什麼是自己

──絕望的時候就毀掉一切

──即將為臭水溝、尾氣

狹小的臥室、科隆人、核武器、氧吧

為後後後現代、為變性門診、為人群

生兒育女

現在，我跟你說話

我寫你、看你再摸你

我不吞下你

我鑽了什麼樣的空子

乖巧地只在詩歌中犯罪

可我再也不願把你寫成詩歌

當我寫完你

我沒有本領寫完你

你和我幽閉已久的靈魂相像

是出去走走呢還是到空中抖一抖

當人們見到你們就叫你們幽靈

2002.5.20

口袋裡的詩

一首詩放在口袋裡

如果挨著鑰匙

它會和鑰匙鏈一起發出不安的聲響

如果和硬幣在一起

也不會變成錢

它更像糖,變黏並散著甜味

如果和紙巾在一起

它會被揉皺並磨爛了邊

如果和另一首詩在一起

我想像不出怎樣

但如果它挨著避孕套

它們就形影不離

這多叫人高興

只有它們是為愛情留在了那裡

2002.1.29

你的狗

一條狗活著
它是你的影子

它學習生活
學會上廁所
學會在你拿出煙的時候
叼著打火機跑過去
它不只叼著打火機跑過去
它還叼著你的襪子到處跑
好像你哪裡都去過

它對著鏡子吼叫
充滿驚恐
你放屁時它豎起耳朵
你進洗手間,它鑽到馬桶的後面
你寫字,它就在鍵盤上
敲下一些胡言亂語

一條活著的狗
它孤單,一身灰土跟著你
一條活著的狗

充其量是一個想像
是一個精神錯亂的人的虛構

一個人突然看不見自己的影子
會比一條狗更驚恐

今天，一條狗還沒有學會更多
就死了。狗死了
為什麼那麼多人活著
內心充滿愧疚

2002.5.9

2002，我有

我有一扇門，上面寫著：

當心！你也許會迷路

我有幾張紙，不帶格子的那種

記滿我沒有羞澀的句子

而我有過的好時光不知哪裡去了

我有一個癟癟的錢包和一點點才能

如果我做一個乖乖女

就會是一個好女兒、好公民、好戀人

我就丟了自由並不會寫詩

而我是一個污穢的人，有一雙髒腳和一條廉價圍巾

這使我的男人成為真正的男人

使他幸福、勇敢，突然就愛上了生活

我有一個真正的男人

我有手臂，用來擁抱

我有右手，用來握用來扔用來接觸陌生人

我有左手，我用它撫摸和愛

而那些痛苦的事情都哪裡去了

那些糾葛、多餘的鑰匙環和公式

我有香煙染黑肺、染黃手指

我有自知之明，我有狂熱也有傷口

我有電，如果你被擊痛你就快樂了

我有藏身之處，有長密碼的郵箱

我有避孕藥和安眠藥

我有一部電話，它紅得像欲望

我有撥號碼的習慣，我聽夠了震鈴聲

為什麼我總是把號碼撥到

一個沒人接電話的地方

2002.3.4

腐爛的，新鮮的

陽光直射的中午
我蹲在陽臺上擇韭菜
手指上粘滿綠色的漿液
和褐色的土
我折斷粗莖
分開腐爛的和新鮮的菜葉

腐爛的和新鮮的
都再也不能重生

幾隻蒼蠅和一隻黃蜂
在菜葉上面飛，哼叫著
瞪著七彩的眼睛
它們喜愛濃烈的腐爛氣味
它們的刺是被這正午陽光加熱的
滾燙的針

2003.6.3

蒼蠅狂想曲

走進飯店後院
一陣黑冰雹
密集地砸過來

又硬又亮的盾牌肚皮
黃水晶圓瑪瑙的頭
人還沒有反應過來
有一些已經彈了出去
落在毛皮殘缺的一堆斷羊腿上
那是獵人用扭曲生銹的鐵絲網
罩住獵物

另一些又粘了一會
在人的袖口　衣領　脖子　臉　眼睛周圍
用細長的腿或者舌頭
（已經分不清是腿還是舌頭）
有幾個鑽進頭髮裡
以為找到了它們的黑叢林

你驅趕，它們就更多更兇猛
碰撞　糾纏　緊逼　不顧一切

呻吟——

這是高原上的聲音

這是最野蠻的愛：

——敵對，親吻

2003.6.2

醫生情人

不管你從事什麼職業

跟我好了以後

你就是醫生情人

不管你注視過多少迷茫的眼睛

拔過多少牙齒

堵過多少洞

取出多少肉瘤

捏過多少硬塊

向深處——

插入硬的手指，鉗子、針頭、木銼

軟的手指，藥棉、膏劑

不硬不軟的，粗的細的管子

還有一大堆涼手指

量杯、尺子、測厚規、舌頭

向更深處——

啟用透視儀、頭鏡、小手電筒

假如沒有表情

你會是個好醫生

撕毀多餘的藥方

我需要你的敬業態度

我需要你的職業經驗

你曾使一些病人偏癱、抽筋、癡呆甚至死亡

太多失敗的手術，是由於你

混淆了精神和肉體，你不該去觸及神經

並把它誤認為是靈魂

這接近心理醫生的罪，科學壓制藝術的罪

法律的罪。規矩從不產生奇跡和美女

心理醫生不是醫生

我需要你嫻熟的手藝，不是憐憫

如果你考慮我是否會痛，手術刀

就會劃錯地方

不要問我以前的病

跟我好了以後你不許再花心

醫生情人，此刻我看見：

你摘下口罩和醫用手套

你正在以新的行動

抹去以往放蕩的名聲

你正走過來：

身穿黑大褂，提著一袋子閃亮的刀

2003.5.27

「當我右手舉起面具，左手握住心」

（2005詩選）

女巫師

我高齡。能做任何人的祖母

當我右手舉起面具

左手握住心,我必定

貨真價實。擁有古老的手藝

給老鼠剃毛。把燭臺弄炸

被豹子吞噬。使馬路柔腸寸斷

分崩離析那些已分崩離析的人

我懂得羞澀的儀式

會忍痛割愛。當太陽自山頭升起

照耀舞臺中央的時候

我就是傳統,無人逾越

當我把祭器高舉

裡面濺出幽靈的血。是我

在人間忍受著羞辱

我是思想界最大的智慧

最小的聰明。調換左右眼

就隱藏了慈悲和邪惡

而在每一個精確的時刻

我到紡織機後配製淚水

把換來的錢攢起來

現在我打算退休

成為平凡無害的人

2005.1.9

撒旦

一生我做一個禱告

配置我。使用我。一個完美的奴隸

但我的主仍未察覺

我變得如此具象,忠實如狗

所以我,仍被棄置

不,這也是謊言

我被逐步引入暗處

潛心追求真理

2005.1.9

過氣的刀

我要把刀

一把暴露我心腹的刀

一把忍痛割愛的刀

割掉我的指頭，我的性格和皮毛

分離我們交頭接耳的唇舌

我要這把刀

劃開我青春的時代

讓我的氣，脫殼而出

2005.1.9

大夢人生

逃。被人追。上牆。翻身。不靈活。終歸逃掉。勉強豎直飛起，到2米左右難以再升高，被惡人摸索腳後跟。而過去我飛得高，很高……兒子餓，哭。起身餵奶。5點。想著再也飛不高的夢，那些遺失的高度，必被我兒掠去。

2005.1.2

被神之手

我家陽臺對面

輪番修建世界各地的風光

今天，為了建百花大教堂

（外壁是令人哭泣的蒼白）

一座印度寺院正被拆除

媽媽來到陽臺

問我昨天有沒有哭

我答，不過是想出門遠行

三座新塑的橙紅色頭像倒了

綠磚紅瓦發著釉光的一面牆緊接著坍塌

在樓前，像一個個被神的手

迅速抽空的麻袋

塵土一下子掩埋了我的房間

2005.1.25

愛國者

這個上了年紀的人

隨身攜帶一口棺材

烏木的料。空虛的裡

防不勝防的諺語

他常常肩負眾多外交的小旗遠行

死亡就常常敲打他的駝背

看上去他多像個平常的老人

對榮耀深藏不露

對細節不屑一顧

且不再在意後輩

效仿他的一舉一動

如今他要為國家利益

環球一周，在有生之年

計畫。恩准。籌備

中國大棉袍、棉鞋

籌備褐色的眼球

灰白的毛髮，以及

一顆中國心

而一想到心死國外

真正的愛國者便渾身顫抖

2005.1.12

大詩人改詩

大詩人本是不改詩的

他的行走其實是

愛好者們的傳閱儀式

這便是他「行走既傳閱」的來歷

他也會到小詩人當中去

自然是被請去的

大詩人亦願意被請

在詩歌自習室裡，偶爾

讚歎某人寫得真好

多數時候沉默

他要找出那個一念之差的人

破一次例。試著加深一次拙劣

比如這次，一句「愛和恨都是卑微的」

讓他眼睛一亮

他用鉛筆把「卑微」改成

「卑鄙」，說，力量就出來了

2005.1.14

給今夜寫詩的人

今夜，我無心傷害你

你的某個句式

某段精神

某個殼

為我試穿

在你身上

它們消失

……

某個任意修剪的領口

某條邊，某根線

（你的刃，我的力）

它逼出來的顏色

塗花了格子

一頁稿紙

一個紐扣

它撐破扣眼

口袋裡的詩

再次扔進洗衣機

今夜，你的夢想、你的鞋帶

在睡眠裡

你的外衣、手套

你缺血的心肌

在夢遊裡

像童年透過玻璃糖紙的

橙紅落日

給你一個被角

你咬住

一個避難所

你在。溫度也在

今夜，給你洗腳水、安眠藥

某顆星在閃

某顆只是亮著

其餘一片黯淡。窗外

是睡著後的人間

是月光的薄

在你的棉絮裡

沒有水的玻璃杯裡

今夜，給你牙齒和肺

在你的鼾聲裡

給你故事

在你的結局裡

更多的人睡著

動作一致

生活也千篇一律

某段時間

鏽住的鐘

某片乾裂的唇

在你的祝福裡

給你祝福

祝福父母

他們手掌寬大

愛撫你

再傷害你

今夜，某個

被雨水砸死的少女的臆想

在孤兒的執拗

在剝落的乾鼻涕裡，淚水

將灰土劃出小溝

今夜，給你想像中的孩子

臉蛋是問號

鼻子是尖頭

前方是

你的父親

沒有低下頭來

看你的臉

給你半夜的雞叫

不給你彈奏音樂

不給你花朵

給你把雷聲聽成咒語的耳朵

把光線看成雨水的眼睛

給你懷疑

信仰的混亂，不給你

解釋。給你魔方

在單調的過程裡

你在，階梯也在

你用去三十年

爬不上去就給你

下來的快感

給你美食、健身和成人遊戲

給你別人的生活

別人的名字

別人的大衣

別人的情人

別人的母愛

別人的榮耀

別人的哭泣

別人的死

我的時間

就是你的

給你使用過的舊家居

不給你安睡的親人

給你鍵盤縫隙間狂長的雜草

給你煙灰

在今天，黑夜

是一整年雪穿過窗縫

是杯子

接住窗簷的冰渣

將指頭叮噹混響

今夜

給你鐵皮蓋屋頂

給你昨夜的雨加雪

給你無聲的雨雪

在鐵皮屋頂上有聲的著落

給你看過多遍的小說

在你的重讀裡

給你這些不是為了

給你孤獨

你已厭倦烏蘇拉

和她延綿不絕的子孫

在靈魂和軀體之間

給你高潮

你隨手揉成了紙團

給你一片大海

你翻身睡成浩蕩的虛無

今夜，給你藥

給你地大物博的謊言

給你用於性幻想的明星和詩人

給你他們的名字

給你淺色床單上

美人的空洞

給你一把椅子上

豐腴的臀跡

誰多次站起來

又坐回去

某把椅子

滿載過去

你陷進別人的命運裡

某人才離去

狗跟著他

在扭動的影子裡

今夜，你撥不通的號碼

是我給你的

深夜，在遙遠火車的長鳴裡

給你漫長閱讀中的尿意

紙疊的火車

打口的CD

在播放機裡顫抖

如某個被電擊的人

某個女人

尋找失落的小薄塊

聲音嘶啞

一生的時光等你揮霍

今夜

給你分裂的身體

給你背後的磚

給你拼湊、粘貼

某年的碎屍

給你泥濘

踩

某個死人的歎息

為了愛一個人

你成了最壞的人

為了壯大家園

你娶了另外的女人

給你刀疤握在手裡

給你首飾映在胸口

我給你的風帆

你揚起了塵土

給你鳥糞

在帽檐上

給你的燈繩你把它

拉斷在光明裡，把它

留給你的醒

今夜，寫一個詞

翻譯後就成了它的姐妹、情人

抑或淫亂的表兄

寫一行詩

是未來詩句的祖宗

一行詩的意思是

你最好與我保持平行

你最好

與我保持距離

不要與我長短一致

不要與我保持平衡

今夜

給你與我的交叉

不是交錯

我曾給你我癡迷的詩人

他向晚年接近

比我們超前

今夜

在好與壞之間

我為你備了好

在我的吝嗇和自私裡

今夜

給你安全給你好

給你醒著的夢

給你午夜的街頭

醉話、黑夜汽車的大燈

剎車聲聲

不給你深夜的房門

以及鎖孔的位置

給你文化東路76號

5號樓5單元201室

正被掀動一角的窗簾

給你一個新生兒的無辜

在一首詩結束的日期裡

給你

與你同睡的心願

以及通往他們的道路

給你玻璃的黑

鏡子的背面

電腦屏幕的靜電

給你日記本、鋼筆

門把手、水龍頭、皮毛

日曆、傳單、小爬蟲

細菌、純淨水

消毒劑、精液

以及擦拭它們的抹布

今夜

某棵樹經過你長高了

某陣風經過你散亂了

一些燈光、月光、螢屏的光

也經過你，落在你的影子上

努力又仔細

今夜

給你一座城市你終生不再離開

給你祖國的名字

它從未出現

在地圖上

給你不遠處迪廳的暴動

給你解碼機

忘記的記憶

那些存摺、郵箱

在角落裡

你無法廢棄它們

今夜

給你骨灰盒裡的靈魂

也給你床上的身體

總有一枚月亮

是用來想像清晨的

想像突如其來的光線

照向省府大街

沒有行人、車輛

某隻鴿子

它飛過你時停頓了一下

大街空曠

大街筆直

寂靜是用來嚇人的

給你消失

在大街上

魔鬼的頭像

可以換回半飽的胃和

另一半的反胃

黑的牙和黃的手指

給你暴君的錢

不給你暴行的起因

給你革命和反革命的狂潮

不給你革命現場

給你經書

你查閱上帝的屍體

給你妄想

給你禿頂

給你有圖案的帽子

你與你的頭髮躲在裡面

給你一片葉子

趕走一隻鳥的鳴叫

給你下夜班的女工

偽裝男人的口哨聲

給你老鼠在水池下的竄動

今夜

有一把螺絲交給你

以免你的身軀

窗簾一樣隨風擺佈

除非那風就是

命運本身

給你萬貫家財

拿走吧。今夜

盜賊被看門人盯住

無路可逃

今夜

看門人醒著

取晨報的人醒了

走廊上

有人匆匆掃著地

一首詩可以寫下去

可以寫不完

但天快亮了

麻雀鳴叫

灰貓正在回家的途中

天快亮了

某條河撐破薄薄的冰層

某座山在晨練者的劍鞘中

明亮地蘇醒

茶雞蛋熟了

過期的麵包已換好

新的包裝

窗外，雨水曾密集地落下

世界的皮膚顯露毛孔

天快亮了

蚯蚓擠出來

天使做完這些事情

準備離去

隨送牛奶的人步下樓梯

夜醒了

寫字的紙、鋼筆

在迴響

撒旦與基督

同時醒來

你也要醒了

燈熄滅

精緻的外衣滑在地上

一首詩就要結束

我走過上床的路

去給你

給你我的詩

不給你

對它的打擾

我們身體的形狀將貼在一起

2003.8.29；2005.3.20

「一場雪粉碎著另一場，一朵雪擁抱著另一朵」

（2006-2010詩選）

洪

我的兒女們自遠方傳來消息

他們在我之前

攜手死亡

而依然流連這世界的人們

你們還不來

咒罵我

我為你們的死已寫詩多年

在無意打開的頁面上

我的屏幕緊接著停電

於是，我的死僅有片刻的顯身：

告別之手揮動在

水平線的不平之中

你看，我的兒女們還來不及長高

他們還來不及學會簡單的生活

來不及飼養一條狗

我的兒女們還來不及譴責我的傷害

正如你們所見：多年來

我參與了人類毀滅的教育

以母親的名義生下一個孩子

給他愛和災難。我不再提出任何問題

因為上帝，不負責解答

我的上帝甚至不負責解答我的殘忍

2006.6.20

如果我，今天死去

如果我，今天死去

我的兒子活到六十歲的時候，我會成為他的女兒

他把我攬進懷裡，撫摸我油漆斑剝的外殼，想我該

　　是高齡的華髮，老淚縱橫

如果我，今天死去

我兒子二十歲時，我是他夢想的情人

他用鼻子聞我，捧著我薄薄的詩集，卻不翻動它，

　　他早已熟記我所有的詩句

如果我，今天死去

我的兒子三十歲了，而我是他一生的摯愛

這永世的英雄，一隻手就能把我托起，坐上他的

　　馬，他要帶我遊走天涯

2006.11.25

雪的消息

不惑的人聽到雪的消息。面色平靜
年少的情人在天亮打來電話：
下雪了，下雪了，我們去黃河吧
不惑的人想起初相見。他曾是
那個年少的情人。雪是他的老相識
他見過更美的雪更不值一提的雪更大的
大風雪。他看見一場雪粉碎著另一場
一朵雪擁抱著另一朵
他見過詩人的雪。猶太人的雪。他見過
雪的鎮壓。他看見了紅色的雪。看見了
雪的珠穆朗瑪和雪的卡瓦格博
他看見不化的雪。他看見雪
落向土牆上穿著開襠褲啃硬饃的男孩子
落向土牆下小手腫裂如紅薯的女孩兒。他見過
落向貧困的雪。落向天空的雪，落向一個問號，落向
母親落淚的雪

不惑的人聽到下雪的消息。看上去，面色平靜

2009.11.

2009，中秋夜

這人丁興旺的一夜

月亮們滾滾而來

黑暗中偎在牆角的孩子

如真理一般虛無

2009.9.29

在關閉的屏幕上，你看到

一個獨自在家的人

一個偉大的演員

一場蹩腳的室內劇

一個所有角色的扮演者

一個眾人

獨自的眾人

一個人，眾所周知

2009.11.12

信

每天都有一些信在途中遺失

它與不信有關

它被風吹進樹林，吹向

林中的墳地、墓碑以及碑前的

枯枝敗葉

經過光線，它彎了一下

把死亡吹成一個美妙時刻

每天都有一個美妙的時刻

它與信有關

它落向焚燒的落葉。落在

乞丐指尖，落得下落不明

或被狗叼著，進入

動物世界

每天都有一封美妙的信，落在

雨中的路面

就像腳印

塵世被一步一步走遠

2010.5改定

我的詩

我要告訴你一件事
那是我的詩，而你正讀到它

我永遠不會飛起來，也不會離開，因為我腳踏大
地，頭頂天空，在為一首詩蓄備足夠的陰影

我有一把椅子，它從未發出聲響

我有另一把椅子，上面有個屁股印兒。一把沒人坐
過的椅子，灰塵已把屁股印埋葬

我身上有塊疤，小時候我媽打的，長大後我們「親
愛的媽媽」打的。沒人見過它，而我隨時能夠
到它。在夜裡，它是我的詩

我幾乎是由疤構成的。於是，在拐彎處，我渾身閃
亮，而太陽刺痛我的眼

我愛上一個藏族漢子，他糾結的長髮裡黏著虱卵和
經文，當越野車拋錨在雅江。

我想著這件事的時候坐在餛飩攤前，嘴裡含著一隻
　　被現實舔過的湯勺

如果你重溫《對她說》，請調到29分07秒，那兒有
　　我的詩

我的生活需要一場災難，一場平息災難的災難。需
　　要我的詩

Reinaldo Arenas早已寫出我的詩句，「我一直是那個
　　憤怒／而孤獨的孩子／總是被你侮辱／憤怒的
　　孩子警告你／如果你虛偽地拍拍我的頭／我就
　　趁機偷走你的錢包／／我一直是那個在恐怖／
　　腐敗、跳蚤／冒犯和罪惡面前的孩子／／我是
　　那個被驅逐的孩子……」

我是那個孩子，「臉圓圓的，顯然不討人喜愛」，
　　我喜愛我的狗，但它死了

我養的小狗一條一條死去，那是我一點一滴的冷

基督死於人，人死於他愛的事物。我該為誰哀悼

我在哀悼。別打擾我

這是我的詩，請別打擾它

2001-2010.5

姥爺，你快死去

我的姥爺在老家，他正在死去
去年在敬老院
他使用了一年城裡的馬桶
現在他拉屎在自家的被窩
叔叔阿姨還有他們的寶貝
在寵愛狗「乖乖」時都不忘
對著姥爺凶幾句
（姥爺，反正你耳聾聽不到）
姥爺修建的結實的石房和庭院
種下的無花果樹和月季
他們盡情享用著
（姥爺，誰在享用你的愛？）
寒冷的冬天
他70多歲的大女婿
這世上最孝敬他的人
（姥爺，你該知足）
每天要在冰涼的井水裡
忍住風濕性關節炎的刺痛
涮洗他流滿屎尿的衣褲和被褥
（當然，你不是故意的
姥爺，你自幼受苦）

曾被繼母趕出家門

抗戰時被鬼子捉去做飯

逃離虎口，又在國共的槍聲中撿了條命

流落青島，做過五金生意

輾轉到東北護林……

每次回家我的姥姥都羞辱他

傾盡一個缺少性愛的女人之所能

姥爺使我親愛的姥姥變成潑婦

而姥姥使我親愛的姥爺在家中失去威嚴

（姥爺，你從未做過一個家的主人）

沒有家，他只有墳墓

這絕不是一個女人對一個男人的傷害

我的姥爺命大，有那麼多條命

用了94年，怎麼用也用不完

人不該有這麼多的命

（姥爺，你會死的）

今年夏天我回去看他

病床上的姥爺依舊氣度非凡

那時，他頭腦清晰，記憶力驚人

讀書看報，還關心著國事

只是不能再寫日記

（姥爺，你的字有陳古的墨香

我還保留著你最後的信）

那時，他還可以下床、出門

坐在街口的石頭上

過往的村民們無一不愛戴他

我的姥爺讀古書

走南北，故事多得藏不住

祖上精湛的手藝，他無法把它們傳下去

滿腹珠璣，不合時宜

在這個時代，他是僅存的英雄

供我崇拜著

他裸露的小腿佈滿傷疤

（那些結痂的和新鮮的是狗咬的）

如今，姥爺已不需要有人去安撫他的痛

他慢慢糊塗著，沒心沒肺

他已經不認識自己的大女兒

（你看，這樣多好）

我的母親為了送他還在膠東的小島上挨凍

拖著多病的身體和一顆計較的心

抱怨著他對兒女們的不公

這個冬天太冷，我不能去看他

他的外甥女還電話裡與男人調情、拌嘴

不能去看他。小時候，姥爺把我攬在懷裡

他唱「鉤鉤雞，上草垛……」

很快，我就睡著了

我那麼小，他的懷就是媽媽的懷

我那麼小，他是我的媽媽

他心疼我，不讓表哥欺負我

只有一次，表哥搶走了我的格子手帕

姥爺沒有為我奪回來

他哄我，帶我到海邊的小賣部

那裡所有的手帕都不是我想要的

他一直在哄我，我一直哭

我哭，不停地哭

最終他也沒能把那塊手帕為我要回

我至今還記得，我是怎麼哭的

（姥爺，我記恨你）

記到我也糊塗的那一天

可現在，我不能去看他

我為自己找了太多不能去看他的藉口：

失眠症，哮喘，還有「創傷後應激障礙」

這種新奇的病名，他肯定沒有聽說過

我的單位要劃考勤，我不能去看他

我住的樓正在改造管道

我要守在家中，不能去看他

他還沒有見過我城裡的房子

他沒說過要看，他知道我們過得不錯

我還在人模狗樣地生活

算計著買一件打折的棉衣

排演著《殘酷戲劇》

我的小孩離不開媽媽，不能去看他

有人說，「回去，你會受不了的。」

我不能去看他

我還要為自己寫一首很長很長的詩

不能去看他

（姥爺，這些理由足夠了嘛？

如果不夠，我再說）

我說了那麼多，那麼多

為了不挽留他

我恨不得馬上要他在

後輩的恩怨中無知無覺地死去

（姥爺，你快死去

這該死的人世，它正在瘋狂）

快到立刻進入

我的暮年

2006.11.24

2013.7.14改

你知道我是誰

我不善於寫創作談，所以我，寫一首詩和另一首詩。

我不善於談論藝術，我不善於談論任何東西，我善於進入不可言說和不可知的部分。我善於享用免費的午餐。

我對瘋子感興趣，對把作品弄成「瘋子」不感興趣。

常常，我對曾感興趣的東西失去興趣，我對新鮮的、變動的事物感興趣，和時尚、新潮無關，它是一隻舊鞋，出現在正被拆除的牆壁裡，什麼？還有什麼，伴隨這世界的牆壁無法拆完，或許是一杯白水正被郵寄，地址已浸泡模糊……和謀殺、懸念無關，它們關乎愛情、自由和無果。

我對發誓愛我一生的人不感興趣，對恨我的人不感興趣。我感興趣的是那人隨時準備離我而去卻終未離去。

我對長相廝守不感興趣，我感興趣於長相廝守之後的分離。

2001年4月17日，我寫下一首詩，耗盡了我2001年4月17日全部的精力以及我當時所擁有的能量。2006年11月29日，我寫下另一首詩，耗盡了2006年那一天我的精力和能量。它們不代表我全部的能力，它們是不等的，可能聚集，可能減退。

我對半首詩感興趣，對公開稱之為「詩」的半首詩不感興趣。我對批量生產和競賽寫作不感興趣。

我對你們正關注的事物不感興趣，我善於暗示你們那些被漠視的。

我善於偷窺走鋼絲藝人排練時的絕望，善於到台下同他們一起放聲高歌，我們的共性在於天生崇高。但我仍不是那藝人，在暗處，我的咒語正沿著落物形而上。

在暗處，謊言佈滿時代，我不善於敘事，它不能窮盡荒謬。我對懷疑感興趣，它使我犀利。我善於分辨犀利背後的悲涼：一柄月下寒光閃閃的刀，不斷地痙攣……我在黑暗面前，詩和無力就在。

我對無力感興趣。對肅靜不感興趣。

我感興趣於離散而不會失所。這不可避免地指向了
死後的名聲,看吧,這條巨型毛毛蟲,終於逃離了
聚光燈下的尷尬。

我不在意孩子如何長成大人,我在意他在我身邊,
生命就在我腹中。我在意一個孩子告訴我,柳樹是
低著頭長高的。

我不感興趣的東西太多,因為生活裡沒有樂子,我
寫作。我感興趣的東西其實很少,我寫作。

我接受我不感興趣的東西,甚至一些令我陶醉。虛
榮、世俗、妥協是我的活,而我的死是我的寫。你
知道我最需要什麼。我是誰。

寫作,這人世的蠢行,談論寫作,蠢上加蠢。

我生下一個又一個小孩，他們是我的美滿。當我的
兒女們長到13歲，他們將把孤獨還給我。

2009.12.29

2014.7.8改

合影（選3）

迎接和等待

洗我的腳
以迎接新的髒

照料一個人
並等待他的死

合影

照片上那些人
不是跟我在一起的
他們只是偶爾經過我身旁

生活

同居
生小孩
結婚
變肥
無聊

看電視

不再做愛

變老

等死

和平統治著墳地

2001

2013.7.14整理

「一種轉瞬即逝的永遠」

（2011-2012詩選）

你走後，我家徒四壁

我的家曾是一座墳

堆滿死人的書

我讀書，是給他們

狂熱地，給他們

直到你循聲而來

把這裡栽成一朵巨大的花

那時，你身無分文，心為聖徒

還信著我的神

你在此點燃炊煙。築建農園

研墨。澆灌。放牧。旋風般撕碎獵豹……

那時，詩行是囓咬著的

上一行成為下一行緊緊地

不能分開

那時，你無名，我便愛著空曠

像愛著瀕死人的心，以為我是你

那時，僅僅一次，就能道盡終生

如今，詩行保持絕妙的平行

我衣袖盡空，跟別人沒兩樣

2012.8

人行道上站著一個老婦

她站在人行道上，好像
在等我

沒錯
在片刻的意義上，以及
在一個凝固的
場景中。「等」
是如此的真實

一邊是人。另一邊
是其餘的人

2011.9

我一直在找你

你不在的日子

是聽歌到天亮的樸素的日子

1985，《橄欖樹》

1987，《閃亮的日子》

1991，《愛人同志》

2007，流亡的雪域之歌

昨夜，《How Quickly You Forget》

《Craigie Hill》和《The Foggy Dew》

三重奏

我已經學會不再重複去聽任何人類的聲音

因為只有新歡才會使人脫胎換骨

因為全天下所有歌唱的人都知道

我在找你

整個天堂迴蕩著尋找的嗓音

在為我失意和召喚

我擔心你會自殺

但你從未自殺

你來看我

又走了

（你走了，你會回來）

我時日無多

你不要轉變了心意

我一直倚賴於天籟

在傾注於你的路上

我動用著肉身裡的這顆心

為了找你，我幾乎死去

就是說

去找你

就是去找死

我要你

就是我要死

這是與生母解除紐帶的葬送之路

這是與養母建立血緣的虛妄之路

這是被繼父姦淫猥褻的踐踏之路

這是祖國落戶烏托邦的易主之路

而你，只是一個適用於任何一顆心的喻體

一個蒼白的象徵

你迷失於經書依遁典藏的時候正是我失去你的時候

我多想說，我一直想這麼說，我沒有期待什麼

2011.9

2011，水平線

一旦登高

心就墜向大地

或投身於水

此時，上空，下水

太陽自兩個方向

灼傷我，如同兩種宗教

落單的白鷺在頭頂

轉一圈，又一圈

鳥在樹林裡

莫名地哀號

飛蟲們念著經

參差不齊裡是私下的虔誠

日日夜夜不間斷

永遠都在，你看不見

摸不到的地方

螢屏閃著亮雪花

山和樹的倒影打著馬賽克

這水不大，可它可以

一整個日子歸我，單個的一個

它不是名水，有隱性的博愛

機緣要我遇它，就像

某種細微的難以撫觸的在我的一生裡
某種我的某一段脈搏只跳動它的事物
突然
一條魚躍起，一塊石子落下
波紋是一樣的
動靜是一樣的

2011.8

康德在下

「在上是宇宙星空」
在心底，該是什麼
1784。異鄉人紛至遝來
科尼斯堡是異議的家園
書信往來。他未曾孤單
不必娶妻育子，不必紅顏荒情
也不窘迫身子的畸小。那身子
恰和這極簡的命運：
讀書寫書教書。溺書
信奉時間。活得比鐘錶還精準
像透明、直達的自然
幾點起床幾點睡幾點做工幾點飯。每天
午後三點半，總會準時
走來一個不足五英尺的矮子
在栽有菩提樹的小路上
光明得不留下一絲影子

像透明、直達的事物那樣
問心無愧
上帝便是一個多餘
即便行走墳頭，也一如穿過天堂

在墳頭，登高臨遠

所有的高處無不多餘

貌似古板人，生於科尼斯堡

死於科尼斯堡

不曾離開。不流離失所

在大地像樹一樣紮根，像枝葉一樣

推心置腹：

只要淳樸、和平的此生

就不必腳踩兩個世界

而上帝徒步人間

一如既往。一如一個多餘

2011.9

視靈者

生而為人時

解惑於力學、哲學、自然科學

修業時代

讀詩。聽牛頓講課。兼顧笛卡爾

30歲前

成為學者。博學者

受惠於神聖的地球理論

學而時習之，溫故而知預言

像顯微鏡。像望遠鏡

從微粒到解剖直至宇宙

——它們所有將來的光景

他幾乎都看得到

在十八世紀他就繪下了

二十世紀的飛行器和潛水艇

——它們詳盡的零部件

直到他潛心於血流和大腦

迎來絕境：

他在腦細胞皮層裡

見到了自己的靈魂

於是，50歲後

成為超能力者

靈魂出竅。遍走星空

留下8本厚厚的屬靈遊記

以全部效力於主。以上帝

賜予的無限後路

賜予「今生」一個截止：

他準確無誤地

預言了自己的死期

伊曼紐・斯威登堡，死於1772

生於瑞典斯德哥爾摩

2011.9

取義波蘭

詩人生於1945，那一年

蘇共在波蘭行使社會主義

第二年，邱吉爾

站上了美國的講臺

拉下了舉世的鐵幕

1980，團結工會挑戰蘇共

整個國家都是監獄

37歲，詩人移居巴黎

1997，齊奧朗死去兩年後

詩人引用了他的話

「人們笑得不虛偽

而是真誠地笑

因為他們是波蘭人

而不是×國人」

1989，東歐劇變，波蘭自由

2011.9

「並在漆黑的夜裡，最高的和那最低的卻同一水平」

（2013詩選）

葬聖彼得

遺骨在他們身上

他們在挖

往深裡挖

往寬裡挖

似乎不是埋第一任教宗

而是，在埋

一堆又一堆泥土

流著淚他們本該

站在空曠下

而遺骨在身上

他們便得以挖

不停地

往深裡挖

往寬裡挖

他們要熄滅的大海

遠遠地向他們湧來

2013.8.20

她的教堂

這是她走進的
哥德。巴洛克。古典。新教。異端。現代。家庭
這是她走進的
護佑。陰森。壓抑。愛河。高寒之地
這是她走進的
藝術品。聳人聽聞。陽具般。罪惡累累的

她進去。虔誠地俯身
她愛地板暗溝裡淡淡新蠟氣味
石頭牆被海水泡過的腥鹹味
她還愛常年燭煙氣味
愛懺悔簾上的油膩
像摸著長粉刺的臉
濕疹和坐立不安的痔瘡
這些昭彰疼痛的肉欲
「用阿門，宣告的無罪」（策蘭）

她愛去教堂
愛不得不
緊挨著的一個和另一個孤獨
面對消毒液和漂白粉的長袍

聽，「我把肉體，奉獻給您」
祭壇前震顫著莊嚴的性感
一遍。一遍
她愛這重複
在每一個可以讓惡坦蕩
又讓罪一覽無餘的地方

2013.9.13

離去的門徒

如廁時

在牆上塗抹

募款時

在適當的時候落淚

有錢人為他掏腰包

母女倆同時愛上他

晚飯時

他厭倦了白天

叫來酒、大麻和幾個女人

像條沒有性生活的饞狗

耷拉著濕漉漉的舌頭

他穿著考究。毛料禮服

愛馬仕襯衣搭百利金鋼筆

花哨的絲綢內衣產自中國

錢是老家土豪們捐的

為了送他翻山越嶺，傳播教義

可他除了上樓幹那事

什麼也顧不上

早起時

他懊悔了夜晚

帶著仁慈的面孔

到期待的人群中演說

一得空

就幽會牧師的太太：

講述他曾發誓戒酒戒色

忠實地追隨著

愛著宗師，如愛著家鄉的群山

可宗師還在牢裡生死未蔔

他曾一次次俯身

為宗師拍打塵埃，繫緊鞋帶

離去時

此地給予的尊嚴

熱情、淋病和可卡因

都帶在了身上

半途，他拐了彎

把車開向俯瞰大海的高處

他將獨自面對懸崖

感受宗師的召喚

來自某個不可觸及的地方

2013.11.23

奢侈

亞維儂的街角
閃著H，H，M……
櫥窗困著一夜空的星星
「奢侈」困著店裡的中文導購：
她的解說詞，蠱惑詞

當它走進貪婪
就是饕餮。寫過量的詩
擁有六指或多個丈夫
能夠呼來揮去

當它靠緊時間
可以不工作或工作狂
就是忘我。揮霍。重蹈覆轍
無需醒來

當它把握權利
是帝王。凶歹。逆路。異徒
是飢餓──公熊吃掉熊崽
是拒絕──熊崽要活著

當它觸動空間
就能夠到沙漠，雲端，虎穴。能夠到無邊
在舉目無親的絕症裡
建造木屋、火爐、書桌

當它反轉
它自我博弈
用森林，返璞，布施
它洗白

拐過亞維儂的街角
它是令人暈眩的教皇宮
殘存的14世紀
干戈。私生子。教皇的地下藏金庫
如一村子儲存馬鈴薯的地窖

步下層層臺階
就看到它

在拉手風琴的無眼男人腳下的

氈帽裡

2013.8.22

分類法

為什麼此時他在一條街上走著

與一個人擦身而過

為什麼一些人　他們這樣走著

擦身而過

為什麼奔忙為什麼呆滯為什麼

吐著痰看美人

一個人　一些人

為什麼站隊　分類

情願或不情願

像為抱團取暖選擇教派

他們怎樣分類

按民族　籍貫　成分　流派　特長　氣味

按令他們疑慮不安的事物

按溫度　口味　DNA　性向　隱私尺寸　有無繁殖

還是按他們夢中的菜園　難以把握的救命草

按一個人的輪迴　衰敗　淚水

按沒落的速度　神態各異

還是按黑夜來臨他們空空如也地離去

站隊　分類

他們是第一個人慣性的力量

第一個人的一個影子和另一個影子

他們要分類　要

「阿拉伯人」　「納粹」和「猶太人」

延續來的三角關係：

利用　殺戮

站隊　分類

2013.12.27

Ta

我肉體的味道

殘渣和痕跡

漸漸被洗衣機帶走

它帶勁地沖

帶勁地甩

來為流失做個加法

＋失落＋丟棄＋離別＋沉淪

能得出幾個我

一個小分隊

直至全人類

清算出散漫值

多少沐浴露潤膚液

多少榮耀悲傷

皮膚屑碎髮指甲灰泥棍

多少無知黏臭。清算吧

遮羞布裹屍布淚水

都被沖走了

沖不走的

似乎酵母。韭菜

繁殖。繁殖
似乎我的主

2013.12.28

每一個真正的人

每一個真正的人
都是立在這星球上
由神的起重機
在魔鬼的深度裡
壘起的高樓大廈

魔鬼袒露的祕密
有著一種向上的訴求
而從N層到底層
每一層都宅住一個神
每個房間都降下了
神的小孩

每一個真正的人
都渴望高高站起
在恰當的地方
他召喚和哀嚎的剪影
是月下孤狼
刺向閃電的剪影

每一個真正的人

都渴望先知般

截獲神的字條

飲下第一滴雨

在清晨最早的陽光中

一層一層醒來

（像一條被光抒順的蛇）

並在漆黑的夜裡

最高的和那最低的呈同一水平

2013.10.2

遠

我曾倒在

登珠穆朗瑪的路上

12年後

我從喜馬拉雅頭頂

緩緩飛過

從遠開始的遠

又白又冷

我曾倒在那兒

高原上，指尖觸碰星星

「遠」是垂首。刺目。寒氣逼人

西藏是一種遠。藍毗尼

是遠於西藏的遠

童年是一種遠

裹在暗紅絲絨裡的望遠鏡也是

寺院是一種遠

相愛是。深海是。墓地是

咫尺是。一個人是

離世的心是

我去過很多很多的遠

新的遠離棄舊的遠

真的遠

在更遠的遠處

沉迷不語

2013.9.22

留
下

別同時

用敵意和信仰

畫畫

別這樣做

那一件事之外的

其他事

可在粗笨的畫框裡

我僅僅會這麼幹

在陽光的樊籠裡

我僅僅會這麼幹

刷子和筆在灰堆裡

沒人照看

把它們抱到陽光下

就是暴露到驟雨狂風下

它們的毛

有著分離的意願

對著烏有的季節

我僅僅會這麼幹

棄盡一捧打折顏料

能否就真的能是
破損，臨終的那一張

它應了這羞怯的需求
應聲而下
松節油稀釋游牧式的
筆觸，給間隔留下
荒野，只給你留下

無形的授意必定狠狠地，塞滿死意
一隻無名小蟲，悍然不顧
撲向正被畫著的疑惑的黏稠布面
瞬間定格

2013.12.28

第七輯

「按照自己的形象，創造它們的主」

（2014詩選）

劈柴

去劈

長滿眼睛的樹

去劈

滿身傷疤的樹

劈那個按照自己的形象

創造它們的主

樹的主

去劈

主身上的眼睛

去劈

主的傷疤

它們立在自己的墩上

等待著起泡的手

掄斧頭

乾淨俐落

2014.2.6

在產房

血腥的陽光裡

我張嘴把你吞下

把親吻，耳光

吞進去

把交媾中的身體撕開

把混沌的骨肉吞下去

把勃起，吮吸

吞下去

情話也無從投遞

和另一個人散步的背影

再沒有街燈照亮

就像蝸牛把鼻涕蟲吞下

根鬚鉗入懸崖縫隙

《金剛經》把齊奧朗吞下

《神諭女士》吞下《神諭之夜》

魯爾福吞下巴拉莫吞下巴列霍

蜈蚣吞下三角鋼琴，於是

千萬根指頭呀

吞了巴赫

獨裁者吞下了殖民地

在產房

多合理的理由呀

我吞下你

2014.2.6

沿著

沿著一個我，看見

遊蕩在暮年裡的灰蜘蛛

掠過她。始終一個人

不種花養貓

不添新手藝

不登堂入室

看上去她不恐懼，或心懷恐懼

也不渴望，或深藏渴望

一次次

避開規勸她的人

像閃躲一枚枚子彈

她是《第一個人》是《局外人》

關於「自殺」

也屬於嚴肅的詩

（或許她在美國寫作

大聲談論自我隱晦的病灶

權當生活在火星

更多可能她在前東歐寫詩

憂鬱都會成為她的罪行

八面臨敵。羞愧於為自己落下一滴淚水
哪怕明天她就死去）

沿著另一個我，看見
她在午後的陽光中
栽培植物。烘焙蛋糕
坐在鋼琴前彈奏聖歌
吸盡割青草的氣味
她試圖讓自己深信
旁邊一排排潔白的小孩
煦風般拂過稻田
可這些救不了她
她來自別人的性交
屬於毒氣和憎恨
以色列在黑暗裡
在我的黑暗裡，她是
另一枚被毒與被憎的
造物主發在馬鈴薯上的
嫩芽

2014.1.5

每一天都為它所改變

每一天吃藥
必須的死亡活在藥裡
活在
鋪滿溫室的蕨草中

每一天不定時讓身體
躺一躺，死亡的水漫上來
像親人的手

穿引針線，我的手
酒鬼般抖著
酒鬼不會把童褲
縫長，又縫長
不會用破洞繡如意金箍

我早不醉酒。為其他的事
週末才出遠門

週末出遠門
忘帶鑰匙如同要做一次了斷

我以為我太老了

老成今年最冷的那天

哆嗦著，一大早換上保暖褲

一件一件套毛衣

死亡也能暖過來

我以為我太老了

沒有鐘聲不能起

沒有禁書難入睡

沒有花草不懷胎

沒有祖國何故背叛

何故每一天都有所改變

一想到明天

我還沒死，就得

繼續老下去

2014.1.1

要你出生

字典裡的你

不是你

錯別字也不是

而我收養著你

河流裡的屍體

不是你

風雨無阻傾注你

不是你

我卻留有你

女精神病人指甲裡挖下的肉

不是你

肉中荼毒也不是

我仍羅列你

如下落的胚胎

（已生毛髮）

如落下的鞭子

（另一個人的痛苦）

一沓一沓報紙

不是你

被報紙撲滅的烈焰

不是你

但火是你的

你的，真相

是燒

錯訂的五線譜

不是你

譜的軌跡也不是

而我聽到你

風匯集古老智慧

不是你

箴言的饒舌本質也不是

我要照著你

不分開你

你囚在陽光裡畫畫

如瀆職者

那畫筆打開的貌似遠矚與節制

不是你

我忠實於你

祕密不是你捅破的

私印品不是你撕的
你的更黑更潦草
我為此，朝向了你

能流在你身上的
就不是你的
尿撒出去
管子崩裂，白白淌走
呼啦啦，在暗夜
搬運羊皮卷的人
是你的人
書上的字符
不是你
血腥的味道你太熟悉
煤鉗子燒紅了烙到背上
也是那種味
我為此，印證你

你聞聞別處，從地理中
你創造你的上蒼
也是那種味兒

那時，你還小

一隻手伸向星星堆

另一隻拽緊棉被角

埋那味

埋道道回音

你還小

如在沼澤

早早衰弱

《嚎叫》不能穿透

《星空》無法抵達

孩子，當你長大一點點

別耽擱在裡面

像原罪離開亞當

腫瘤離開壞身體

像一個人

離開另一個

別擱淺在那兒

別替我淌血。別替

那截白粉筆

在黑板上

尖嘯——

那錯獨自死活

要你出生

2014.1.9

身體

盆骨種花
皮膚一層一層綠
萬劫的春天
屏息。怒放

細菌鮮活
和血一起流
和綠一起蔓延全身
像上好的大理石
傲慢。冰涼

直到膿脹，自邊際開始
生殖器勃起《在
絕望的巔峰》。疤痕
一頁一頁打開
爆裂。噴發
體液得以自由

蛆蟲們集聚而來

2014.1.3

骨頭王國

一堆，又一堆骨頭

在坑裡

肢首分離

無法拼湊完整的主人

一堆，又一堆姓名

還原為文字本身

不分貴賤

骨頭不曾哭泣

所以難成塵埃

它們曾依附緊密

因此才會永別

麻風病人的尾骨

卡進暴君的下頷

王后深情親吻

奴才的腳趾

一堆起義的骨頭裡

有一些懦弱者的

一堆虔誠的骨頭中

有一些變節者的

一堆愛情的骨頭枯裂如朽木

一堆盲從的骨頭滑溜如月光

一堆，又一堆骨頭

在坑裡

如一支又一支隊伍

潑皮帶頭

妓女壓軸

白癡拿著盾

乞丐扛起槍

孤兒是鼓手

冤魂是指揮

沒有肝膽可以相照

沒有水乳能夠交融

沒有情誼用來誤解

呼拉拉

逼向人世

一堆骨頭的力量

無力之力

無法與螞蟻相比

不在人的欲求中

一堆骨頭

在坑裡

失去了罪的約定

2014.1.4

善意的世界

我指認蒼蠅、蟑螂、黃鼠狼
給肚裡的蛔蟲下藥
可房東只提供貓咪、哈巴狗
駿馬圖和孔雀毛
我查閱希特勒、蘭陵笑笑生
亞歷山大大帝
可圖書館只有盤古、宋玉
長孫皇后和瑪麗亞
我想去耶路撒冷、阿富汗
伊拉克和金三角
旅行手冊給出巴黎、蘇杭
好萊塢和新馬泰
我越來越喘不上氣
可新聞正播報天然氧吧的證詞
在去法庭的路上我踩了屎
法官判定是鮮花
我如廁，探監，進太平間
可這世上只有客廳、陽臺
花園和澄澈之水

總有一天，人們會把

「萬惡」的我千刀萬剮

以盡顯他們的善意

2014.1.16

羈絆

海浪按下

礁石的肩頭

我困在

我的椅子裡

造念頭

緩緩地

太陽在我的腳下

升起

星星也是

似乎那精確的瞬間

是我，在仰頭詛咒

而一頭枯黃扭動的長髮

在我垂下腦袋時

蓋住了細水長流的眼淚

在緊要的關口

我成為沒有痛苦的形象

端坐。得體

鎮守著

每一扇身旁的門

被摸得光滑閃亮

如空氣。光線

展開寂靜中翻騰的微塵

迎向，那

朝我而來的

2014.2.8

舞　他們跳舞

在就要摔下臺階的地方

他們轉身

在一窪水的邊沿

他們轉身

抬腳，擦過倉皇的掉隊的螞蟻

仰身，掠過沒頭蒼蠅的灰翅膀

在暗殺者有效射程的終點

在熔岩蔓延的末梢

他們轉身

迴旋。跳著舞

在觀看者誠惶誠恐地目力所及處

他們跳著舞

他們跳舞

2014.2.8

黃金的傳聞

黃金就要來了

來自深處的秋天

來自植物和斜陽

河面抖動

如教堂的窗玻璃

黃金的河面

黃金的窗玻璃

黃金的深淵

如倒長的爬山虎

營救。追捕。陷入

摧毀——

黃金漲跌

黃金癲狂

黃金的車輪壓彎黃金高速

謊言金燦燦地奔跑

家族金燦燦地進化了

黃金的被子

黃金的床

黃金鑲嵌門和把手

先生的黃金牙咬彎金筷子

金太太生下金兒女

源源不斷的黃金

等人來厭倦

金的菜肴創造了黃金馬桶

便秘痔瘡前列腺炎，哩哩啦啦

人坐在金馬桶上

像被風吹來拂去的花盆植物

發著動物的低吼

看吶，人像植物

發出動物的低吼

如此這般，復仇

金燦燦地來了。來自

從一堆堆摞在一起的死人身上

扒下的飾物和細軟

於是，屁股被金牙咬

被金戒指挖

被金墜子攮

被金鐲子擰

流血化膿，死成了金屁股

看吶，深秋

植物和斜陽

看河面抖動

看黃金到來

2014.1.12

最後的女巫

像一隻蝙蝠斜掛空中

沒有肝腦塗地
沒變形
汗毛不凌亂
翅膀張著
肚皮依舊粉嫩柔軟
風來了，也不動
不是明信片
不是標本
如此清晰
周圍彌散著孤獨的清晰：

與上帝較量後的寂靜

2014.1.4

泊

正午的院落
佈滿殘敗枝葉的
驟雨刷洗的院落

雨水留在石階凹處
石階凹連著凹
雨水留在小徑縫隙
如高空俯瞰的交錯河流
雨水留在不深的窪地裡
在爛掉和光鮮的植物上
在再一次咄咄的太陽下
院落是閃亮無邊的沼澤

禪師摘下幾片薄荷
熱水沖了照顧喉嚨不適的施主
一隻紅花礆瓷的臉盆
屋簷的滴水滴在裡面
夾帶高處植物的零落
禪師被陰影和距離擋在屋子裡
能夠感到，他在深處
悠悠晃蕩

施主坐在光裡面喝薄荷

盯住舊臉盆發呆

水面浮起一隻羽翼單薄的蝶

紅和黃的色彩像秋葉

另一邊漂著一隻幼小的蒼蠅

攤開絨毛般的細腿

屋簷不斷在滴水

水流將它們擠向一個方向

匯於死前的瞬間

它們訝異於彼此

潔淨又脆弱地靠在了一起

2014.1.14

老且霾

健身器材的木椅上

坐著兩個老人

老到沒了性別

瞇細著眼睛

暖洋洋

曬著霾中的太陽

霾還很年輕

老人已老了很久

不認識霾

向來，他們聽憑太陽

不能直視的太陽和斜太陽

黑太陽

橘子太陽和典獄長太陽

向來

他們瞇著眼睛

他們心繫太陽

似乎，唯如此

才擁有最後的

一絲光線的尊嚴

2014.1.16

喊你

四處有聲音
在喊你

警察和狗
厭倦和演說
四處有70億殘渣碎屑
水池傳來6月死宅子的氣味
記憶安檢般運送：
衣服脫在那裡，鞋帶散開
日記本敞著
零錢和垂落的話筒在雨中
分行來不及
四處都是雨的斜面
沖刷著身體在流淌
有人喊你
四處喊你

你再不從大樹後面出來
這棵樹
也被運往焚屍爐

2014.5.29

我寫下的

我寫下的是善變的
橫撇豎捺的偽裝的
烏有

2014.1.11

END

她想結束某件事

她想叫停

隨便什麼事

她想結束跟某人的關係

隨便什麼人

隨便什麼關係

她想結束跟某地的牽連

不管去哪兒都行

她想結束跟自己的糾結

成為另外的什麼

而結局早晚到來

對她說：

那是別的什麼開始

跋　《在》

一、《在一首詩渴求的方向裡》

　　常常，我無語，我怕我說出什麼，又是給詩附加的鐐銬。我更願意朝向它的方向，讓詩來帶路，因為它和那個無形的引者是一路的。我們饑渴的方向也朝向我們，這是雙向的需求，一個寫字的人被選中，名為詩人。

　　當我們在寫作中勇敢地表達內心的真，坦誠邪惡與良善，就是在不斷地自我確立、自我否決與自我審判，以免道路的失衡，而什麼是我們內心最饑渴的部分？顯然不是放縱內心。康德說，人有應該。關於「自由」他也有不少說法，比如，自由就是自律。還有，自由不是你想做什麼就做什麼，而是你不想做什麼就可以不做什麼。沒錯，人有應該，一個人是自己的立法者和守法者，這是人的自由和尊嚴所在。

　　詩人本身並不神秘也不超驗，而在宇宙秩序中詩人具有神秘性和超驗性，他的工作是一次次時間的塑形。我在2006年的詩集《哈氣》後記裡寫過，「它們（我的詩）為感受到的靈魂構設了不同的框體，以望能夠顯現攝人心靈的部分，一種轉瞬即逝的永遠。」今天我只取這半句。未說的就在一首詩渴求的

方向裡，那裡有最沉著的還未能被享用的喜悅的等待。

2012.7

二、《在石頭下面》

0.

「在夜裡也能聽到海浪拍岸的巨響」對於現實，這樣說顯得誇張。夜裡僅僅是能「感受」到驚濤拍岸，寂靜時能，起風落雨時能，夢裡能……在我幼年寄居的島嶼上，耳邊的巨響一定因無所不在的細節暗示而在某個敏感個體裡滋長、漫延。

1.

我曾聽在平原長大的朋友對我說起孩童時對山和海無限地嚮往、想像，也聽過雪山藏區的朋友說起自小就想翻過眼前這座山看看外面有什麼，父親告訴他翻過這座山還是山，別的大人也告訴他那將是一座山又一座山，沒完沒了。直到那個唯一的出外者歸來，改變了敘述。

不同的是，我寄居在小島上，大海的風平浪靜和潮起潮落給了我平原也給了我群山。我看得足夠遠，能看到變換的藍與藍匯於隱約的一線，幸運時還眼見虛無：海市蜃樓。我所能夠嚮往的是去不同的地方看看，看不同的海，我現實的立足點基於一種海岸線。

其實我不曾離開。我生來就是那個「被驅逐的孩子」，被

棄於孤島上。我想這就是我寫字的命運的基因。在孤島，對於整個世界，我是唯一的出外者，我是我言說的絕對。這足夠的遠、這豐富的空曠、這無情、這幸運一見的虛無，恰恰是為了將我引入它的極端，它的另一頭，我寫作的立足點，基於怎樣的卑微、壓抑與黑暗之地？

2.

2003年寫作初始，我寫過一篇短文《在石頭下面》。

小時候，外祖父蓋房子，院子裡一下子堆滿石頭。樸素又好看的石頭是人們從海邊的山崖上採來的，帶著舊年海蠣子的殘骸。外祖父說這些石頭已被他計算過，不多不少，正好夠蓋一間廂房。

近一個月的時間，人們把形狀各異的石頭拼湊起來，不得已才去改變石頭原來的形狀。他們是能工巧匠，這點從那些長長的補抹石縫的水泥條紋就可以看出，那些過於曲折的條紋像極了蛇的痕跡。

房子蓋好後，院子裡多出一塊石頭，接近正方形。外祖父把它搬到牆根去，搖著頭說，它是怎麼多出來的呢？

它是怎麼多出來的？我想著這個問題，外祖父不再提這事。那塊石頭在那裡，好像它很久以前就在那裡一樣。也許在外祖父看來建成了房子的石頭才是真正的石頭，這一塊石頭不是真正的石頭。

我喜歡廢棄的東西，因為它們會被我記住。這塊石頭成了我的凳子和桌子，玩累了我就坐在上面歇息，它吸引我也一點

一點吸走我的體溫，我在上面捏泥人、一個人過家家，當我趴下用鼻子聞一聞它時，它就散發出舊海水的味道。有時，我坐到對面無花果樹粗矮的樹杈上，很長時間盯住它看，或者看看其它的東西偶爾也看看它，並想一想它是怎麼多出來的。

終於有一天，我把石頭半掀了起來，光線一下子照進去。我看到一群西瓜蟲、螞蟻還有很多很多沒有名字的小蟲子，它們飛快地逃跑，向更黑的地方──我掀不動的地方。小蟲們跑進黑暗，光線下暴露著腐爛的草根、蟲皮、死蟲子和玉米餅的渣子……後來我就經常去掀動那塊石頭，看慌亂跑動的蟲子，我一邊吃力地幹著這件事一邊想我長大以後就能搬起這塊石頭，看小蟲們跑到哪裡去了。

大約在我6歲的時候，爸爸從城市來到鄉下老家，他突然出現在我的面前就像我掀開那塊石頭一樣掀開了我的生活，強烈的光線一下子進來，我睜不開眼睛，我想和那些小蟲子一起逃跑，跑到黑的地方去。而我沒有力氣再將那塊石頭掀開得更多，那更黑的地方是我最想去的地方。

最終我還是被我的爸爸從石頭底下拽出來，帶到城裡去了。我被徹底地暴露在我不熟悉的光線下，開始了我並不健康的成長。

我後來的繪畫和寫作都和我的不健康有關。我寫作，它是我目前為止可以找到的通往我的石頭下面最隱秘的一條路。

3.

    我寫作，我仍在為自己構建個人島嶼，在我離開童年越來越遠的地方，我重建它。回歸它。

2013.6.26

語言文學類　PG1353　中國當代詩典　第二輯14

陽光照在需要它的地方
——宇向詩選

作　　　者/宇　向
主　　　編/楊小濱
責任編輯/李書豪
圖文排版/連婕妘
封面設計/蔡瑋筠

發 行 人/宋政坤
法律顧問/毛國樑　律師
出版發行/秀威資訊科技股份有限公司
　　　　　114台北市內湖區瑞光路76巷65號1樓
　　　　　電話：+886-2-2796-3638　傳真：+886-2-2796-1377
　　　　　http://www.showwe.com.tw
劃撥帳號/19563868　戶名：秀威資訊科技股份有限公司
　　　　　讀者服務信箱：service@showwe.com.tw
展售門市/國家書店（松江門市）
　　　　　104台北市中山區松江路209號1樓
　　　　　電話：+886-2-2518-0207　傳真：+886-2-2518-0778
網路訂購/秀威網路書店：http://www.bodbooks.com.tw
　　　　　國家網路書店：http://www.govbooks.com.tw

2015年10月　BOD一版
定價：230元
版權所有　翻印必究
本書如有缺頁、破損或裝訂錯誤，請寄回更換

國家圖書館出版品預行編目

陽光照在需要它的地方 : 宇向詩選 / 宇向著. -- 一版. -
- 臺北市 : 秀威資訊科技, 2015.10
　　面 ;　　公分. -- (語言文學類 ; PG1353)(中國當代
詩典. 第二輯 ; 14)
　　BOD版
　　ISBN 978-986-326-344-9(平裝)

851.487　　　　　　　　　　　　104010955

讀者回函卡

感謝您購買本書，為提升服務品質，請填妥以下資料，將讀者回函卡直接寄回或傳真本公司，收到您的寶貴意見後，我們會收藏記錄及檢討，謝謝！
如您需要了解本公司最新出版書目、購書優惠或企劃活動，歡迎您上網查詢或下載相關資料：http:// www.showwe.com.tw

您購買的書名：_____

出生日期：_____年_____月_____日

學歷：□高中 (含) 以下　　□大專　　□研究所 (含) 以上

職業：□製造業　□金融業　□資訊業　□軍警　□傳播業　□自由業
　　　□服務業　□公務員　□教職　　□學生　□家管　□其它_____

購書地點：□網路書店　□實體書店　□書展　□郵購　□贈閱　□其他

您從何得知本書的消息？

　　□網路書店　□實體書店　□網路搜尋　□電子報　□書訊　□雜誌
　　□傳播媒體　□親友推薦　□網站推薦　□部落格　□其他_____

您對本書的評價：（請填代號　1.非常滿意　2.滿意　3.尚可　4.再改進）

　　封面設計____　版面編排____　內容____　文／譯筆____　價格____

讀完書後您覺得：

　　□很有收穫　□有收穫　□收穫不多　□沒收穫

對我們的建議：_____

_____

_____

_____

11466
台北市內湖區瑞光路 76 巷 65 號 1 樓

秀威資訊科技股份有限公司　　　收

BOD 數位出版事業部

....

（請沿線對折寄回，謝謝！）

姓　　名：_____　年齡：_____　性別：□女　□男

郵遞區號：□□□□□

地　　址：_____

聯絡電話：(日) _____ (夜) _____

E - m a i l：_____